7665. Belles lettres.

8921.
B. L.

Cat. de Lyon 12099.
Doub. ch. à vendre

LES
LETTRES
& Occupations
de Iean Du-Sin.

A LA ROCHELLE,

De l'Imprimerie de Hierosme
Havltin.

M. DCII.

Dix Lettres à Mon-Seigneur le premier Preſident.

Briefues Occupations;
De l'homme , à l'homme , & pour
l'homme.
Des choſes naturelles & particulie-
res.

Lettres {
Au Roi.	1
A Madame.	
A Mes-Seigneurs les Prin-ces du Sang.	1
A Mes-Seigneurs les Mare-ſchaux de France.	1
A Meſſieurs des Cours de Parlement.	1
A Monſieur d'Aubigni.	4

A ij

LES LETTRES A

MON-SEIGNEVR,

Mon-Seigneur de Harlai, Cheualier, Seigneur de Beaumont, Conseiller du Roi en ses Conseils d'Estat & Priué, & premier President en sa Cour de Parlement à Paris.

Du-Sin qui vous a enuoié des fruicts, est venu exprez vous porter l'arbre.

ON-SEIGNEVR,

L A ſentence irreuocable, & precipice commun, ſentant deſia l'aiguillon de la mort, me fit trouuer deux iours de rafraiſchiſſement, lors que ce funeſte iour de ſang ſe commit à Paris, & eſchappai d'vne façon admirable ce grand & horrible danger; & par voſtre moien fus garanti. Dieu m'a conduit; vous m'auez conſerué. Ma vie eſt voſtre, elle eſt de vous : c'eſt à vous à qui ie

A iij

l'offre : Car il n'y a aucun prix,
autre recognoiſſance qui ſe puiſſe
donner de la vie, que la vie meſme :
La vie ſeule en eſt la rançon. Ie
vous ſupplie donc, Mon-Seigneur,
la receuoir comme voſtre, & prendre ces fruits. Ce commencement
que ie vous en enuoie, eſt arrhe de
vous voüer à l'aduenir tout ce
qu'elle produira. Ie prie Dieu,

Mon-Seigneur, vous donner heureux iours, & longueurs d'annees,
& vous garde de la main de vos
ennemis.

A vous ſeul obligé, bien-
humble, bien-obeïſſant,
& fidelle ſeruiteur,
Iᴇᴀɴ Dᴠ-Sɪɴ.

MON-SEIGNEVR,

LES raisons & la iuste occasion que i'ai eu de me presenter apres vn si long temps ; c'est qu'il n'y a bien auquel l'homme soit tant obligé, ni duquel il se doiue plus souuenir, que d'auoir receu la vie qui desia estoit comme perduë. Ce fut au iour que les hommes impenitens auoient pensé d'oster la iustice & misericorde du monde, pour en faire vn Enfer; que moi, ieune pour lors, qui demeurois chez honneste personne, maistre Pierre Cutte, & ai serui Mon-Seigneur vostre pere de loüable memoire, & vous tresvertueux, de l'administration de mon estat; par vne secrette prouidence fus mené en vostre maison,

A iiij

& trouuai grace és benignitez de voftre humanité à me receuoir. Ie fçai que voftre grandeur & premier rang, exemple de toute vertu, vertu incomparable, laquelle s'eft acquife vn threfor de contentement & richeffes, ne veut qu'on lui donne, ni qu'on lui prefente : Mais ie fuis tellement lié en cette & fi eftroitte obligation, poffedant ce qui n'eft mien, mais voftre, à caufe de ce bien-faict, qu'il eft impoffible de m'affranchir. Et fi mon efprit produit quelque chofe, & ofe vous rendre en toute humilité & reuerence, tous fes fruicts & deuoirs; ce n'eft don, mais vifitation ; ce n'eft prefent, mais remerciement. Si i'ai failli, ie croi que voftre bonté, honneur, & merite, qui

n'eſt que ſageſſe , bonne renom-
mee , & gloire, me pardonnera ſil
lui plaiſt.

MON-SEIGNEVR,

NON muet de volonté , mais de
parole ; non retenu de puiſſan-
ce , mais d'occaſion : Et quand
meſmes i'aurois commis la faute
d'oubli, i'eſſaie de n'encourir blaſme. Confiance, ſur laquelle i'ai derechef fondé ma reſolution. Il y a
quelque temps que ie vous ai fait
vne viſitation auec loüange , accompagnee d'vne partie de mes
Occupations, & en ai receu vn re-
fus ſans reproche. Mais il aduient
ſouuent, qu'vn remerciement mal
fait par la perſonne qui le porte,
ne trouue tel ſuccez qu'eſpere ce-

lui qui l'enuoie : Car la grace eſt
en la main d'icelui, pour le faire
trouuer bon. Ie ne dois eſtre ac-
cuſé en aucune façon, veu le de-
poſt de grand prix que ie vous
garde. Car pour le deſſein, il ne me
le falloit rõpre, pour ne tirer apres
foi de conſequence : Bien eſt vrai,
que la plus-part des hommes ſont
honorez pour leurs rangs, charges
& richeſſes. Et comme ces dons
ne peuuent eſtre en tous, on ne
doit pourtant meſpriſer les graces
de l'eſprit. Permettez donc, Mon-
Seigneur, ie vous ſupplie, que ie
vous en enuoie le reſte ſelõ la pro-
meſſe que ie vous en ai fait; attendu que ie la puis accomplir. Vous y
verrez autant de fermeté & force
d'eſprit, qu'en autre qui ſoit ſeden-
taire en ſes eſtudes. L'homme a ſes

ſuggeſtiõs particulieres , ſans eſtre
ſubjet à l'artifice: ſource, d'où mes
principales recerches ſont ſorties,
& continueront, Dieu aidant. La
preface que vous verrez, vous fera
iuger qu'il me faut eſtre muni de
verité & de raiſon , deſquelles ie
fais force en mon entrepriſe.

Mon-Seigneur , que pluſieurs
ſiecles accompagnent en triom-
phe voſtre memoire; moi, ſollicité
par voſtre idee , continuerai de
prier Dieu ſans ceſſe , vous eſtant
du tout inutile ſinon en cela.
Commandez

*A voſtre obligé , bien-
humble, bien-obeïſſant,
& qui vit pour vous
ſeruir,*

I. D. S.

MON-SEIGNEVR,

SI ma parole ne vous eſt en-
nuieuſe, & que par mes propos
ie ne vous ſoie importun ; quoi
que les hommes faillent, voire le
plus ſouuent à eux-meſmes:neant-
moins i'eſpere de me comporter
auec tant de modeſtie & humilité,
que l'vn me fera des amis,& l'autre
me les entretiendra. Eſtant donc
voſtre domeſtique, m'aiant conſerué ; ie ne ceſſe de vous eſcrire,
non pour me monſtrer, mais pour
me ſouuenir de voſtre benignité
& hoſpitalité, le iour de la cala-
mité publique;& vous teſmoigner
que ce bien-faict ne doit iamais
mourir,tant que moi, qui l'ai receu,viurai ; & le Soleil le manife-
ſtera, encores que ma petiteſſe

vous l'aie fait oublier. L'on vous a
dit que i'estoie sans lettres; mais
non pas sans estude. L'homme est
doüé de parole, non pour estre re-
cognu d'entre les bestes, veu qu'il
porte d'autres marques qui le di-
scernent; mais plustost pour cercher la verité, parler à elle, & la pu-
blier : outre que son estude est à
s'exercer en obiects des choses
creées, messageres de ses appre-
hensions ; qui sont deux princi-
paux points pour son instruction:
De là vient la communication
qu'on a les vns aux autres. Ceux
qui s'arrestent sur le prouerbe
commun, Qu'il ne se fait ne dit
rien, qui n'aie esté dit & fait, s'arrestent sur vne maxime qu'on ne
peut asseurer ; d'autant que ce qui
est passé, ne reuient, & on ne le

void plus. Mais ie tiens pour certain, que les siecles durent & continuent, pour sçauoir ce qui n'a esté sceu, & cognoistre ce qui n'a esté veu. Le bruit de tant de liures, porteurs d'opinions, ont troublé le monde d'vn grand estonnement : tellement que ce penible labeur (sans profit) a destruit l'accord mutuel qui estoit entre les ordres, & ne se void presque plus. Au lieu de parole, on n'oit qu'vn' Echo : au lieu d'estude, on ne void qu'opinions. Reuenons sans plus tarder, puis que la Verité va deuant, & que les obiects creez la suiuent ; arrestons nous à ces choses : Alors on verra guerir ce qui est malade, & reuiure ce qui semble estre mort. Le bon visage que mes amis m'ont dit auoir eu de

vous, Mon-Seigneur, me donne
plus d'asseurance qu'aurez pour
aggreable ce que ie vous enuoie-
rai.

Mon-Seigneur,

A vous seul obligé, bien-
humble, bien-obeissant,
& fidelle seruiteur, qui
vit pour vous seruir, &
sers pour auoir hon-
neur.

I. D. S.

MON-SEIGNEVR,

QVAND ie commençai à baſtir
mon deſſein, & auoir l'œil ſur voſtre noble & reſpectable perſonne;
ma premiere conſideration ce fut,
qu'il me falloit garder de blaſme
& de honte : & croi n'auoir offen-
ſé ni en l'vn, ni en l'autre. Et combien que mon remerciement continué n'equipolle le bien que i'ai
receu, non comme vn don , mais
comme vn gage; ma volonté vous
ſera obligation ſeure, ma promeſ-
ſe autant de baiſe-mains & hom-
mages; & ne ſerai iamais que voſtre redeuable, & continuerai tous
les iours de ma vie à vous honorer, ne vous aiant rien repreſenté
qui ne ſoit veritable. Il eſt certain
que ie vous ſuis tout nouueau, &
par

par mon escrit, & par mes lettres;
& toutefois la science est par
tout, quoi que son exercice soit
plustost en pluralité de mots,
qu'en ordre de paroles. I'ai donc
commencé par la science, & non
par les mots ; par le temps, & non
par l'occasion ; estant plus seur
l'vn que l'autre, & vous supplie le
trouuer bon. Les creanciers con-
tent, & ne perdent pas vn iour:
mais ie vous dis, qu'il me fut promis hier, & l'ai receu auiourd'hui;
tant ie suis memoratif de ce iour
là.

B

M**ON-SEIGNEVR,**

D**IEV,** autheur de tout bien, a donné des vertus aux chofes, & le temps à l'homme pour les recercher, & les dons pour les cognoiſtre : C'eſt la ſeule raiſon qui a arreſté mes ſens, & femons mon eſprit pour y paruenir. Ie ne ſçaurois ! Il eſt impoſſible ! Ie ne le puis taire ! Le bon œuure que vous auez faiƈt ; & duquel vous eſtes loüé: Et me dis bien-heureux de pouuoir emploier la loüange à voſtre dignité. A quelle dignité plus digne, & à qui me pouuois-ie mieux addreſſer, pour lui faire voir dequoi mon eſprit ſentretient, & vous en communiquer les premiers fruiƈts ? fruiƈts rares; fruiƈts aggreables ; & de bon

gouſt ; mets qui eſtans bien ſauou-
rez, donnent delectation. Ce que
ie vous viſite, ce n'eſt point pour
vous eſtre en charge : Car mon
contentement ne ſera iamais en-
nuieux, pour demander choſe que
ce ſoit : tant ie ſens ma mediocrité
accompagnee de bon-heur. La
verité m'accompagne, & deteſte
le peché des deuins, & oncques ne
fis honte à ma vie. Que ſi ie n'ai
ſuiui vn propos continué, n'aiant
ſerui mes impulſions comme elles
ſe preſentent ; autres occupations
& grands empeſchemens m'en de-
ſtournent. I'ai cet aduantage, que
mon aage & labeur ſtudieux
m'ont acquis les manieres de parler non vſitees, & toutefois tres-
propres. Ie n'ai pas dedaigné,
Mon-Seigneur, de parler aux en-

tendus, & de faire cognoissance auec les doctes,& me suis assis parmi les sçauans : & puis dire veritablement, qu'ils ont plus de lecture que de certitude. Plusieurs se treuuent, voire la plus-part, que tout ce qu'ils produisent , le prennent derriere eux,ou de l'autrui : & cela s'appelle, à vrai dire,Lecher l'ours. Voici la sixiesme , si mes amis ne m'ont failli; & me crains que la troisiesme ne vous a esté renduë. Ie ne vous di le grand adieu, parce que ne me veux celer d'aucune chose qui vous puisse apporter du contentement.

Mon-Seigneur,

A vous seul obligé , bien-humble , bien-obeissant, & affectionné à vous honorer & seruir,

I. D. S.

MON-SEIGNEVR,

DES choses non sceües, non cognuës, non esperees ; quand elles nous aduiennent, nous les receuons d'vn costé auec estonnement, & de l'autre auec admiration. Que si nous n'estions releuez de la part de celui qui les enuoie, nous pourrions donner vn iugement, ou auoir vne opinion du tout contraire à l'intention d'icelui. Quant à l'estonnement, il ne fut que d'vn clin d'œil : pour l'admiration, elle vous continue & continuera tant que ie viurai, Ie ne crains donc sans vous offenser, de vous faire voir ce labeur elabouré & artistement fait, n'estant accompagné que de sa nature : & vous puis dire, que telle cognoissance

B iij

est plus digne de vous, que ie ne
suis capable de la recerche, &
auoir produit ces choses. On peut
dire de mes estudes, qu'elles sont
courtes, ou ne sont de grand vo-
lume: C'est pour releuer les le-
cteurs de longues veilles;mais non
pas de grandes recerches. Voiez si
ce sont raisons sans sens; examinez
si ce sont tons sans accords; paroles, sans poids; idees, sans images.
Le iugement dira, Voici vn amas
de plusieurs propos rompus, qui
ressentent sa Theologie, Philosophie, & Medecine. I'en suis aussi
Theologien pour mon salut; Phi-
losophe,pour mon contentement;
& Medecin,pour ma santé. Vos
seuls yeux ont mené mon esprit à
la cognoissance d'icelles, afin
qu'en aiez le premier contente-

ment. O merueille ! ô aftre, qui de
fes vertus remplit tout l'vniuers ! ô
homme droit ! vous me gouftez,
& nè croi pas perdre ma peine:car
vn viendra qui la recueillera. Vous
eftimez que ie fois en Sodome;
mais ie vis comme Loth. Vous
eftes heureux, de fçauoir qu'vn
homme vit qui magnifie voftre
gloire. Il ne fera hors de propos
que ie vous die, que les trois Mef-
fieurs de Sanci, Nicolas, Achilles,
& Henri, portans voftre nom, ont
efté en cette ville ; & prenant cognoiffance d'eux, ie les ai cheris
d'amour, logez d'amitié, & feruis
de deuoirs : C'eft que ie fçai qu'ils
ne m'oublieront iamais, non plus
que ie vous ai oublié: & tout ce
que i'en ai fait, n'a efté que pour ne
viure ingrat, & mourir obligé.
B iiij

Mon-Seigneur,

A vous bien-obligé, bien-
humble, bien-obeiffant,
& fidelle feruiteur,

I. D. S.

MON-SEIGNEVR,

L'OVVRIER qui manifeſte quelque ouurage fait de ſa main, & que
ſon eſprit a produit ; ce lui eſt vn
grand contentement qu'en voir la
fin. Pareillement, tout labeur par
eſcrit, qui eſt vn don d'exprimer
par proprieté de paroles, & que
l'intelligence ſoit facile, le vrai
ſens, qui eſt la perfection. Eſtant
donc paruenu là, ſelon les dons &
graces que l'Eternel m'a donnees,

& comme premiers premices ie
les vous ai offerts ; desquels l'odeur sesleuera, quand sous vostre
faueur, vn iour apres que i'aurai
disposé l'ordre, que traittant telles
& si graues matieres, tant dignes
par vostre dignité, le public en reçoiue l'vtilité ; & vous,

Mon-Seigneur, hõneur & loüange.

Attendant, prierai le Seigneur
Iesus, qui a le secret de santé &
longue vie, le vous communique
pour le seruir & honorer, Amen.

A vous seul obligé, bien-
humble, tres-obeiſſant,
& fidelle seruiteur,
I. D. S.

L'HOMME n'est pas plus esloigné
du ciel, pour ne s'en pouuoir
approcher; qu'il est esloigné de la
cognoissance de soi-mesme : tant
l'vn & l'autre sont hors de nostre
sens. Quel soin ? quelle recerche?
quel iugement ? quelle estime? De
lire sans cognoissance, & estudier
sans experience. Le temps &
l'estude sont choses coniointes; &
tout rapport en est separé. La
creation du mõde est particuliere
& terrestre ; laquelle se diuise en
deux parties : L'operation generale, auec la production du temperament, ou continuation: L'autre, les animaux, qui sont vn nombre sans nombre, vn prix sans prix;
& ont leur vsage ici bas par tout,
chascun selon son espece. Chose
plus admirable, qu'admiree; tant

pour la varieté des especes, que pour la diffemblance d'iceux. D'en particularifer les diuers mouuemens, ce ne feroit iamais fait; pour y en auoir de cachez, plus qu'il ne fen manifefte; tant fes magafins font bien munis. La cognoiffance que nous deuons auoir de nousmefme, c'eft de fçauoir à qui nous fommes redeuables; ce que nous deuons; & à quoi nous fommes appellez : & non pas, fi nous fommes de miel, fuccre, eau, ou terre. Car cette recerche eft peu vtile; & deuons croire, que continuant en ces chofes, nous fommes plus efloignez de noftre cognoiffance, que du ciel : & combien que nous aions l'vfage du feruice & du merite; toutefois noftre dignité eft fans comparaifon plus digne. Animal, à cause du commun, & non à cause de l'ame ; au demourant, cet vsage n'est que pour vn temps. Les choses inferieures, toutes communes, visibles, & sensibles; leurs matrices & racines, qui n'est que terre continuation d'espece, & conseruation de semence. Nostre origine, nostre esleuation monte sans cesse. Sera-il retenu pour estre commun en biens, & auoir vne mesme demeure? La prerogatiue, l'authorité le rendra-elle semblable à toutes ces choses ? Quand nous n'aurions rien pour nous; que cette consideration demeure ferme ; Que leurs ordres sont sans science, & nos reigles auec intelligence : voila en quoi nous sommes differents. Et d'autant qu'en quelque part que nous soions, &

de quelque cofté que nous nous
tournions, nous trouuons ce feruice en abondance ; ioüiſſons du
merite auec plaifir. Que nous paſ-
ſions plus outre : que cette abondance ne nous gaſte , & la beauté
ne nous esbloüiſſe ; nous voiant
auec vn corps naturel, baſti des
parties neceſſaires ; aiant neceſſité
du bien appreſté. Toutes ces choſes ne font que recognoiſſance, &
loüange ; attendant noſtre renou-
uellement celeſte, fait de toutes les
parties propres à vn corps glorifié:
Alors noſtre neceſſité ſera con-
uertie en contentement , & le
befoin en paix.

MON-SEIGNEVR,

MA volonté n'a iamais defiré de colliger les cognoiſſances d'autrui, ni meſmes me ſeruir de leur recerché ; d'autant que les obiects en l'homme tirent les intentions: De là vient la ratiocination , de laquelle naiſt la raiſon , preuue de la verité. Les obiects ſont infinis; les intentions, en nombre; la ratiocination , par temps ; la raiſon, ſeule; & la verité, vne : & n'y a entrepriſe tant difficile, ſecret ſi caché, cognoiſſance tant haute, que la raiſon n'attrappe. D'ailleurs l'operation produit toutes eſpeces; & la meſme operation les change: mais la raiſon & la verité ne peuuent eſtre changees. Ie vous preſente, non vn theatre, où toutes les

villes, campagnes , & mers ſont
repreſentees; non l'ordre reiglé du
ciel, auec ſon ornement ; non des
faiſons, ou viciſſitude : mais ſeulement vne Pyramide raccourcie;
l'homme auec ſon ame , dons , &
operations ; qui eſt la ſcience de la
raiſon , & verité de ſon eſſence.
Eſtans donc ces choſes d'elles-
meſmes recommandables ; & que
tout ce que i'ai dit , bien examiné,
ſe trouuera tres-veritable ; aiant
atteint ce qui eſt plus eſloigné, les
ſecrets plus cachez , les cognoiſſances plus hautes , le tout par la
raiſon ; quoi que les heures m'ont
eſté difficiles à trouuer. Mes amis
m'ont prié, & me le conſeillent, ne
laiſſer dormir , & ſans leur donner
iour, les occupatiõs de mon eſprit,
cultiuees auec tant de labeur. Qui

seroit vne detention du tout iniu-
ste, consideré l'honneur & faueur
que ie receu de vous dernierement
que ie fus à Paris ; voiage fait exprez : Lors ie vous vis comme vn
esclair, & vous me vistes comme
passant. Cette obligation, dont ie
demeure à iamais vostre redeuable
fust passee au temps & au mesme
iour que les hommes faisoient iustice à la verité. Ie fai ce que ie sçai,
& dis ce que i'entens, & ne suis
point sçauāt, mais cognois verité.

Mon-Seigneur, les anciens serui-
teurs & fideles en vne maison n'y
font pas moins d'honneur, que les
amis.

A vous seul obligé, bien-
humble, bien-obeissant,
& fidelle seruiteur,

I. D. S.

Briefues Occupations,

De l'homme, à l'homme,
& pour l'homme :

Des choses naturelles
& particulieres.

*La Raison, pour estre fortifiee, n'a be-
soin de l'Exemple, ni de la Consideration ; pource qu'elle est par
dessus l'vn & l'autre.*

C

ON-SEIGNEVR,

LE but principal de ceux qui escri-
uent, est de s'instruire ; afin qu'à
leur exemple, les autres apprennent:
& ne doit-on regarder à l'agence-
ment des paroles, pour ne suiure le
vulgaire ; ni fortifier son discours
par les considerations & exemples
de ceux qui de longue main sont ad-
donnez aux redites, & qui prennent
en la bouche d'autrui leur stile. Mais
suiuans en ceci nostre naturel ; qui
est de rapporter nos speculations, &
ce que l'esprit nous dicte, à ce à quoi
la raison seule nous guide. Voila com-
ment en toutes nos Occupations, nous

C ij

vſons de briefues maximes. Cependant, vous aiant trouué auec tant
d'humanité en mon endroit, & re-
cognu tant de loüables vertus en
vous ; i'ai penſé de vous donner mon
petit labeur, & le commettre entre
vos mains.

A vous ſeul obligé, qui
vis pour vous ſeruir,
Iean Dv-Sin.

Eloquor intellecta mihi, & mihi
cognita præſto.

ES chofes les plus recommã-dables font cel-les qui appro-chent le plus de la Vertu: La Vertu donc eft feule en l'homme, qui le rend ho-norable par deffus tout. Chacun dit trauailler apres elle : mais la longue experience me fait croire qu'elle n'a iamais efté cognuë : & que fi elle l'a efté de quelcun., il l'a reiettee par fa propre faute. Car quelle conuenance y a-il entre l'honnefte & le deshonnefte, le net & le foüillé, l'vtile & le domma-

geable? Et ne voions-nous pas les
fages de ce monde fe gouuerner
par prudence, & le vulgaire par
exemples ? Cette cognoiffance de
Vertu ne peut eftre donnee à
l'homme, fil ne fe cognoift foi-
mefme : & eft tres-difficile qu'on
puiffe auoir telle vertu. Plufieurs fe
font fait accroire qu'ils eftoient
vertueux, & ont voulu eftre repu-
tez tels ; & en font venus iufques
là, d'en auoir fait des preceptes: &
cependant leur vie monftre le
contraire. Certes, la vie doit eftre
bonne, premier qu'y paruenir : tellement que bien peu fe peuuent
dire vertueux, ou faire paroiftre
la vertu. Cette tant efpeffe nuee,
qui leur a couuert la veüe, n'a
iamais peu eftre oftee. Le defaut
vient pour feftre trop arreftez à

l'antiquité, & auoir tenu l'opinion
de ceux qui font la guerre aux en-
terrez, & ne regardent que lire,
pour regle certaine. Car tous, par-
lans de l'homme, n'ont confideré
que la matiere, operations & com-
plexions, & l'ont pour ce appellé
animal. Mais nous y apportons
vne diftinction, difans que l'homme creé n'eft point animal; & que
l'homme creé eftant conioint auec
l'homme naturel, l'homme naturel
n'eft point animal, mais tient d'a-
nimal. Eftans ioints, ils commu-
niquent, cognoiffent, euoquent, &
voient les operations des bons &
mauuais efprits : eftans feparez,
l'homme naturel eft animal, qui
n'a que fes operations ; mais
l'homme creé a fes proprietez.
L'inftrumét commun de l'homme

naturel, c'eſt la langue : l'inſtrument commun de l'homme creé, c'eſt la parole. L'homme naturel a ſes ſens cõmuns exterieurs ; l'oüir, le voir, le flairer, le gouſter, le taſter; que nous appellons eſtoiles errantes : L'homme creé a ſes ſens interieurs; le rapporter, le iuger, le diſcerner, l'aſſeurer, & ce qui tire l'homme d'erreur; que nous appellons eſtoiles fixes. Noſtre intention n'eſt de reprouuer ce qui eſt d'animal en l'homme naturel; mais de monſtrer ce qui eſt en l'homme creé: qui eſt, que le rapport eſt à l'eſprit ; le iugement, à la verité ; le diſcerner, à l'intelligéce; l'aſſeurer, à la volonté; & ce qui tire l'homme d'erreur, à la raiſon. Ce ſont des vertus incorruptibles & immortelles; tellement vnies & conioin-

tes, qu'elles font infeparables en
l'homme creé. Mais iufqu'à ce que
tu aies changé ton efcorce en
corps, il t'eft impoffible de les ap-
prehẽder. Cercher la Philofophie,
c'eft philofopher : mais fuiure la
Philofophie, c'eft errer. Ces lunet-
tes font pour les aueugles ; & les
clair-voians y profiteront. Quelque mauuais Theologien & igno-
rant Philofophe trouuera ces chofes eftranges ; pource que perfon-
ne ne fen eft ferui : combien qu'elles foient vraies, en les appliquant
aux vfages propres, pour lefquels
l'Eternel les a donnees. C'eft donc
à ceci qu'il faut penfer : & au lieu
que par le paffé on a commencé
par les pieds, prenons la tefte. En
le bien examinant, il fera facile de
trouuer cette cognoiffance de

foi-mefme,& paruenir à la Vertu.
Pour viure bien-heureux, ne nous
arreftons aux magazins du monde ; mais à cette miniere, qui ne fe
peut efpuifer ; eftans certains de
la renaiffance & immortalité du
corps, pour apres cette vie eftre
vnis infeparablement.

OR EN ce difcours de l'homme,
nous ne nous propofons pas de
mettre en auant toutes les opinions de ceux qui s'y font efgarez;
mais la raifon : Car c'eft la voie
qui nous conduit à la verité : c'eft
elle qui eft pierre de touche certaine des chofes creées, fimples, &
compofees.

L'ETERNEL fait l'immortel,
& le corporel le mortel. Par ceci
l'infini fe cognoift,& le fini fe void.
Pour auoir droitte cognoiffance

de la creation de l'homme , sça-
chons que l'Eternel seul de pleine
puissance en est l'autheur : & ne
nous imaginons qu'elle prouienne
de generation ; veu sa mixtion
simple, ses facultez sans discord,
ses proprietez sans changement.
En cet estat premier , l'homme
estoit immortel ; & non eternel : il
estoit corporel, & non mortel : il
parloit le langage de l'Eternel , &
obeïssoit à sa parole ; qui sont les
viandes & breuuages desquels il se
nourrissoit. Car l'arbre de vie , l'E-
ternel, (la bonté duquel s'eslargis-
soit en tout ce qu'il auoit besoin)
rassasiement , lumiere , & paix,
estoient ses accords & contentement : & l'arbre de science de bien
& de mal est la parole de l'Eternel.
Ce sont les fruits qui viuifiët ceux

qui y obeïffent, & tuent ceux qui les mefprifent. Cette creation tant admirable eft tellemēt corporelle, qu'elle eft immortelle : car l'homme n'a fceu quand il a efté creé ; & l'eftat fien eftoit tel, que le rapport eftoit à l'efprit ; le iugement, à la verité; le difcerner, à l'intelligence; l'affeurer, à la volonté ; & ce qui tire l'homme d'erreur , à la raifon; qui le rendoient capable de l'œuure incomparable de ce monde, laquelle l'Eternel fit pour le loger; tefmoignage de fon immortalité & conferuation. Mais nous auons efté iettez à l'abandon, pour auoir outrepaffé le commandement de l'Eternel, & n'auoir creu à fa parole. Et pour nous redimer de cet exil, & r'entrer dans le Paradis, duquel nous fommes fortis, que la

crainte du Cherubin , ni de son
glaiue ne nous en destourne : car
il n'y a point de crainte , où il y a
esperance de guerison.

Novs voions donc quelle perte
ce nous a esté, & combien dure à
supporter, de ne prendre le conseil
de l'Eternel, & n'obeir à sa parole.
Quelle misere en cette cheute ; se
trouuer nud, & estre hõteux de soi-
mesme? Nous, di-ie, qui estions en
peine sans peine, en bien sans bien,
en honneur sans honneur, en danger sans danger, en vie sans vie. Et
voici nostre mixtion corrompuë,
nos facultez alterees, nos proprietez inutiles ; chargez d'vn pesant
fardeau, d'vn ciel, d'vn iour, d'vne
nuict, de montagnes, montagnet-
tes, & costaux , mers , riuieres,
champs, plaines, mines, & pier-

rieres, hauts-bois, bois-taillis, &
deferts:bref, portans à proportion
des chofes inanimees, autant que
le monde elementaire en contient:
lequel monde nous eftoit donné
pour n'en bouger; & maintenant,
pour y loger. Nos principes font;
Nature amaffe, meliore, diftribue,
& parfait; qui eft fon commencement, fon croiftre, fon aduan-
cement, & fa perfection. Au lieu
du rapport, nous n'auons que
l'aureille; du iugement, l'œil; du difcerner, le flairer; de l'affeurer, le
goufter; & de ce qui tire l'homme
d'erreur, le tafter. Nos maximes;
feintifes, deffeins, confeils, entre-
prifes, furprifes, & refolutions.
Nous fommes de complexion me-
lancholique & cholerique, extre-
mes en l'vne & en l'autre; d'où

naiſſent les maladies, hereditaires
& acquiſes; qui degenerent en fo-
lie & en lepre; & qui nous contrai-
gnent de viure de regime , & faire
election de lieux, viandes, exerci-
ces, & repos: de ſorte que la ſanté
nous eſt trauail; & la maladie, peine. Et toutes ces choſes bien con-
ſiderees, ſont autant de loix qu'il
nous faut obſeruer: & qui plus eſt,
nous ſommes marquez de marques certaines de mauuais eſprit,
& bonne volonté; & de bon eſprit,
& mauuaiſe volonté; aians vn but,
vn but eſgaré, deux figures confu-
ſes ſans but ; l'vne depilee, & l'autre remplie , dont les intentions
ſont perilleuſes. D'auantage, nous
ſommes aſſaillis du ſerpent, mena-
cez de l'enfer, portons le peché,
noſtre chair, & ſommes en crainte

perpetuelle de la mort. Tout ceci
est plein de destresses, supplices, &
amertumes, qui nous font dire par
desespoir, malheureux; veu les longues annees, vies d'hommes, Roi-
aumes, Monarchies, & aneantisse-
mens, qui se font passez depuis la
perte de la parfaitte cognoissance
des choses.

RECOGNOISSONS donc,
que noftre excellence surpasse
tout en ceci, ascauoir que l'homme a double communication,
double cognoissance, double euocation, double operation. La
communication precede la cognoissance; l'euocation, l'opera-
tiõ. L'vne est des choses qu'il sent;
l'autre, de celles qu'il void : l'vne
est generale; l'autre particuliere:
l'vne est vtile; l'autre dõmageable:
l'vne

l'vne eſt vraie ; l'autre fauſſe : l'vne eſt bonne ; l'autre mauuaiſe : l'vne eſt lumiere ; l'autre tenebres : l'vne rend ſage ; l'autre fol : l'vne appelle ; l'autre chaſſe : l'vne trouue ; l'autre cerche : l'vne rend fort ; l'autre foible : l'vne rend ſerf ; l'autre libre : l'vne ſauue ; l'autre perd : l'vne tire hors du monde ; l'autre y retient : l'vne eſt celeſte ; l'autre terreſtre. Et par ſemblables choſes tout ce qui eſt au monde demonſtratif ſe peut enchainer l'vn dans l'autre.

V o i l a ton eſtat , ô homme. Mais pour retourner à toi ; ſois aſſidu en prieres & meditations vers l'Eternel , & ne conuoite les choſes de ce monde, pour ne tomber és liens du Malin ; deſquels, ſans ces aides, à peine eſchapperas-

D

tu. Viuons d'efprit, de verité, d'intelligence, de volonté, & par raifon: Et alors nous ferons garantis
du mauuais defir de n'obeïr à l'E-
ternel ; d'ignorance, qui nous fait
fuiure le menfonge, & quitter la
verité, d'eftre furmontez de noftre
chair, & de ne fenfuir, de peur de
la mort. Croions à la verité, &
nous conduifons par raifon. Car
en fin, d'icelle defpend toute la cognoiffance & bonté des hommes:
& ainfi nous retournerons à noftre
premier eftat, qui nous eft prefenté
par l'Eternel. Allons derechef à ce
bon-heur, puis qu'il n'y a point de
comparaifon de noftre premiere
creation à la fecon de:car l'homme
creé fut fçauãt dés qu'il fut fait, &
l'hõme naturel a peine d'appren-
dre, & tout lui eft affliction.

On trauaille ma loiauté,
& si ne recognoist-on
mon trauail.

OMME les escrits qui n'accordent au iuge-ment de ceux qui es-criuent, ne prennent leur authorité des liures, & ne sont receus du consentement d'vn cha-cun; sont estimez recerches cu-rieuses, iusques à ce qu'on les aie examinez : aussi sçai-ie qu'il n'y a rien à quoi on contredise tant, qu'à la Verité. Et prie ceux qui sont amateurs d'icelle, de iuger sans passion, reprendre sans enuie: car on ne peut faillir qu'en s'oppo-sant à la Verité; laquelle, quoi qu'elle remplisse le monde, neant-

moins elle trouue fort peu de place entre les hommes. Ce ne sera
donc de merueilles qu'on me contredise; veu que pour le iugement,
i'ameine la cognoissance ; pour
l'authorité, la raison ; & pour le
consentement, l'experience. De
ces choses l'homme & le monde
en sont les liures; l'homme, science
de Dieu; & le môde, cognoissance
de l'homme. Ie ne me veux arrester
sur aucune consideration de ce
qu'on dira pour rompre mon des-
sein: comme aussi ie ne m'en suis
proposé aucune loüange ; ne vou-
lant enseigner personne, mais seulement faire cognoistre iusques
où l'esprit de l'homme peut attein-
dre, & à quoi il se doit plus arrester: pareillement l'erreur grossier
qu'on commet, de côposer l'hom-

me de quatre elemens ; veu que
c'est vnion , & non composition.
Qu'on die tant qu'on voudra, que
c'est vne haute entreprise; & de vrai
ce sont choses non plus cognues,
que oüies : toutefois quoi que ie
m'expose à tous, ie me submets seu
lemét en l'arest des mieux entédus.

PREMIER qu'entamer le pro-
pos, ie dirai que c'est que verité &
raison ; marques & appuis de tous
escrits. Verité est ce que Dieu a dit,
prononcé, & enseigné : Raison est
asseurer par demonstration certaine , la Verité. Et d'autant que
l'homme ne peut apperceuoir cette verité, Dieu lui a donné la raison comme vn guide pour y paruenir. Tout ce qui est dit sans
verité, asseuré sans raison , est pure
ignorance, flatterie, & vain babil,

D iij

qui vieilliſſent l'eſprit de ceux qui
leur preſtent l'aureille , & perte de
temps. Par-ainſi, aucuns eſcrits, de
qui qu'ils ſoient, ne peuuent eſtre
tenus pour vrais, ni meſme receus,
ſils n'ont ces marques de verité &
raiſon. On verra que i'ai ſuiui cet
ordre en mon entrepriſe, afin que
la loüange en ſoit rapportee à la
gloire ; ſçachant que ſi nous mou-
rons comme nous naiſſons, nous
retournerons en poudre, ſans voir
la gloire de Dieu.

T o v t ainſi qu'il n'y a rien de
plus aſſeuré que la prouidēce, auſſi
n'y a-il rien de plus incertain que
la fortune : Et afin de diſcerner les
deux, l'homme ſera muni de preuoiance. La preuoiance n'eſt autre
choſe qu'vn proiet de ce qu'il faut
faire, & vne obſeruation & recueil

de ce qu'on voit. La prouidence conduit l'homme, mais la fortune le precipite, & la preuoiance lui donne contentement. L'homme qui fera son estude en ces choses, non seulement pour les sçauoir, mais les prattiquer, menera vie paisible. C'est ici vn pourtrait auquel l'homme doit regarder. Arriere toutes apparences ; puis qu'il n'y a stabilité qu'en la prouidence, ni côtentement qu'en la preuoiance. Les ans de mon bannissement sont longs, & passe mes iours auec grand trauail, & suis dans le terme de mon rappel : & recognois de l'homme, que son souci ne cerche qu'à viure & à se loger ; & que l'homme vit pour manger, & se loge pour demeurer.

La Philosophie est vne

cognoiſſance laquelle enſeigne & nous apprend à cognoiſtre tout, & à diſcerner toutes choſes. Le commencement monſtre l'eſſence premiere : l'autre, l'eſſence tiree: le troiſieſme, le ſubiect monſtrant l'effect de l'operation, & produiſant le temperament, qui eſt vnion & non compoſition:La côtrarieté vient de l'ordre, & non du diſcord.

Novs diſons; qu'il n'y a rien ſi difficile à trouuer, que par les ſimilitudes & correlations, qui ſont le rapport &côfirmation,ne ſe puiſſe trouuer. Le flus & reflus tous les iours tât incognu.Le Soleil qui ne ſe couche iamais, qui par la force violente meut tout ce qu'il regit, purifiant l'air,& preſſant les exhalations, donne ce mouuemét:d'où vient que la mer ſe nettoie, & ne ſe

groſſit pas; mais ſenfle ſeulement.
De là nous concluons, que c'eſt le
Soleil qui fait ce flus & reflus; qui
eſt vn accord continuant.

La Vertu de laquelle nous auons
parlé ci deuant,& que nous enten-
dons;ſera recōnuë en l'hōme qui la
poſſedera , quãd il ſera accōpagné
des proprietez qui ſuiuét ci-apres;
ſçauoir eſt,bon,beau,ſain, & paix.
Bon,qui aime verité ; beau, qui ſe
contente de mediocrité ; ſain, aiãt
l'ame bonne; paix, aſſidu en ſa vocation,& la fait legitimemét. Tels
ſont les ornemens deſquels l'homme vertueux eſt reueſtu.

Qve toutes les Chimeres que
les hommes ont honoré du nom
de vertu,ſoient à ce coup reiettees,
comme mocquerie ; foulees aux
pieds,comme indignes ; oubliees,

comme choses fabuleuses ; sans
plus adherer à la vanité & fausse
opinion Paienne. Que la credulité
qui nous possede, & à laquelle par
tant d'annees nous sommes atta-
chez, commence à se separer ; sans
nous alambiquer pour sçauoir ce
que nous sommes, donnant à la
creature impuissante, la puissance
de nostre composition des elemés,
& la vie entretenue d'iceux.

QVI est entré au Cabinet de
l'Eternel, ou, De qui tenez-vous la
matiere du monde, pour l'asseurer,
& en composer l'homme? En quel
anglet du monde se prend-elle?
Quelle est la semence qui la produit? On sçait que de toutes viandes se fait semence ; mais de toute
semence ne se fait pas homme. O
que la fosse en est profonde!

Boire & manger ne donne pas la vie: le pain & le vin n'eſt pas la vie; mais pluſtoſt occuper l'eſpace, & raffraiſchir les qualitez.

L'homme eſt logé dans les elemẽs; mais ſa vie ſubſiſte ſans iceux.

Mais quoi? ſerons-nous touſiours comme nous ſommes, & auec vn meſme esblouiſſement? peruertirons-nous noſtre eſprit? l'occuperons-nous en penſees ſeulement? noſtre raiſon n'aura-elle point de lieu? ſerons-nous aſtraints à autrui? appellerõs-nous cognoiſſance, ce qui n'eſt que fantaiſie? ſcience, ce qui n'eſt qu'opinion? parole, ce qui n'eſt qu'vn' Echo? vie, ce qui n'eſt qu'ombre? Aſſeurerons-nous le doute pour le vrai? dirons-nous l'erreur, certitude? donnerons-nous fermeté à ce qui n'en a pas ? appuierons-nous la verité sur l'antiquité? la verité, qui est sans aage, tousiours presente ? Et nostre esprit, qui n'est qu'vne continuelle speculation des choses qu'il sent, & de celles qu'il voit, demeurera-il muet, accompagné de la raison, qui a son authorité par dessus tout? Le deuons-nous? mespriserons-nous la raison; elle qui est sans apparéce, sans ambiguité, sans tergiuersation ? Elle ne trôpe iamais; elle n'est point double; elle parle rondemét; despédons d'elle.

TOVTES creatures sont exposees au iugemét de l'hôme pour les cognoistre; & toutefois rien si difficile ni tant esloigné de l'homme, que la cognoissance & verité d'icelles.

QV'ON me die maintenant, si les elemens sont dans la matiere

du monde, ou f'ils font la matiere
mefme? De penfer qu'ils foient la
matiere, ou de la matiere; cela ne
fe peut. Quelle eft donc la matiere? Chofe cachee,& non cognuë.
Que prenez-vous pour chofe cachee & non cognuë? Le iour, la
nuiĉt. Le iour & la nuiĉt ne font
point compofez; mais ils fentre-
fuiuent continuellement: D'où il
fenfuit,que la matiere du monde
contient les elemens,&que les elemés n'en font la matiere.Qu'eft-ce
que le iour quand il eft paffé?Rien.
Qu'eft-ce que la nuiĉt quand elle
eft paffee?Rien. Quoi dõc? Chofe
cachee & non cognuë.Doncques,
rien caché eft la matiere du mõde.

LE MONDE eft creé de rien.
Puis qu'il eft creé de rien ; quelle
generation,de rien?quelle compo-

fition, de rien ? Rien fans vnion:
vnion n'eft fans fentiment; compofition, fans matiere ; matiere, fans
mouuement ; où en tout on n'ap-
perçoit qu'action diftributiue, &
non compofition communicati-
ue. Qu'on farrefte : car des chofes
creées nul n'en fçait la duree; mais
on voit la fin des chofes cõpofees.

QVE toute hauteffe foit ab-
baiffee, & toute cognoiffance
conduite par la raifon, confidere
la duree de l'ornement; l'ordre en
l'eftenduë ; l'eftat, vne generation.
Qui peut admirer l'ornement ? at-
teindre à l'eftenduë? penfer la generation? L'ornement, fans vieillir;
l'eftendue, fans changer ; l'eftat,
fans eftre interrompu; la ioie des
creatures en leur production.

LES creatures fur lefquelles

tu as basti l'homme, & iuges de lui, sont munies dés le commencement en elles-mesmes, pour le temps & duree ordonnees au seruice de l'Eternel qui les a creées.

REPRENONS les proprietez de l'homme, qui dés long temps auoient esté enseuelies. Produisons les facultez qui y respondent, & nous toucherons de prés, la matiere de laquelle nous sommes faits. Quant à la vie, c'est vne essence tiree des vertus communicatiues de Dieu. Quant à la mort, mort meurt plustost que l'hôme qu'elle assaut. Voila pourquoi elle s'appelle mort, pource qu'elle mesme se tue.

PRENONS les choses tout au plus haut. Toute essence est accompagnee de quelque chose: ou, Toute essence est tiree de quelque chose.

De Dire ou penser que l'essence de l'Eternel soit tiree de quelque chose, ce seroit vn blaspheme : Mais de penser ou dire qu'elle est accompagnee ; nous disons en elle mesme, de premier de tous, de puissance, de gloire. Premier de tous tire apres soi, auãt toutes choses: Puissance tire apres soi, garde asseuree sur tout: Gloire tire apres soi, loüange de toutes choses creées; desquelles il a muni le monde, & cognu propres. Voila le repos de l'Eternel. C'est d'ici qu'on croit l'eternité de Dieu: C'est ici qu'on voit l'immortalité de l'ame.

La raison pour l'entreprise, l'honneur pour la conuersation.

AV ROY.

Si voſtre Maieſté pardonne à ceux qui prient contre vos proſperité & ſanté ; combien plus excuſera-elle celui qui prie Dieu iour & nuict pour icelles?

E

*L'heritage n'eſt rien, mais
la gloire.*

SIRE,

Nvl ivsqves ici n'a douté
& ne doute de voſtre comporte-
ment & profeſſion exterieure, qu'il
ne croie de vous ce que les effects
du paſſé en ont monſtré. Et d'autāt

qu'en ce changement foudain il
femble à plufieurs, iugeans feule-
ment par voftre declaration , que
vous eftes en crainte, ou que vous
defirez pluftoft le bien & aduan-
cement de vos mal-vueillans, que
de vos feruiteurs & amis : Cela de
prime face a troublé la tranquil-
lité de quelques-vns, veu les ter-
mes & confirmations de vos paroles. Les autres iugent que c'eft
la neceffité & les defordres qui
font en voftre Eftat. Le iugement
de telles chofes eft fufpendu iufques aux euenemens; & nul que le
Souuerain n'en fçait l'iffue. Par-
quoi vous ne deuez fur vn tel &
inefperé changement faire ni pre-
cipiter deffeins & refolutions ; de
peur que ne contriftiez l'Efprit , &
qu'il ne feffoigne de vous, oubliãt

les graces qu'il vous a faites , &
l'heureux fuccés de vos affaires.
Confiderez que c'eft Dieu qui po-
fe & eftablit les Rois, & les depofe
& deftitue. Cette domination
vous eft dōnee du ciel; & les hommes vous font donnez pour vous
y maintenir. Vous eftes maieur.
Il vaut mieux eftre enfant de Dieu,
laué au fang innocent de Iefus
Chrift; que Roi pollu & contami-
né , adherant à l'Idole. Mais l'experience des chofes paffees vous
ont rendu fçauant. Ne foiez indul-
gent à vos ennemis : car ce ne font
qu'autant de morfures de ferpents
& afpics, qui pourtant ne vous fe-
ront mourir: toutefois vous deuez
euiter tel venin , & prier le Seigneur Iefus qu'il vous en deliure.
Ne foiez en fouci des chofes

temporelles & corruptibles : car
tout eſt incertain. Craignez Dieu,
& ne faites ce qu'il ne vous con-
ſeillera point. Les exemples ſont
tous recents en voſtre preſence :
vous y auez eſté trompé , & tous
vos ſeruiteurs auec vous. Ne pre-
nez gouſt à telles perſuaſions, plei-
nes de fallace : fermez l'oreille à ces
applaudiſſeurs : recourez à la Loi
& aux Prophetes, & puis à la Grace ; & toutes choſes , maugré le
monde, vous ſuccederont en bien.
L'eſtat de cette Monarchie eſt
vieux : il a beſoin d'eſtre renou-
uellé, & ne ſçauriez empeſcher
que le decret qui eſt donné de
Dieu, n'ait ſon plein effect. Il vous
a eſté mis en main, comme bon
pere de famille, pour y arracher &
enter ; & quant & quant pour cul-

tiuer les plantes qu'il a daigné lui
mefmes y planter. Et fçachez, que
comme iufques ici il vous a trouué propre à fon feruice, qu'il vous
y continuera; & ne demande de
vous qu'obeïffance, pour tout fa-
crifice. Adherez-lui en tout, pour
ne reffembler à la femme de Loth.
Sa mifericorde eft certaine : auffi
font fes iugemens.En fomme,crai-
gnez Dieu; & tout vous fera donné. C'eft la Foi & la Charité, qui
font les deux luminaires qui nous
conduifent à la vie eternelle.

A MADAME.

*Le bon-heur de l'homme
gist à prier Dieu, & à
se destourner du mal.*

ADAME,

Oɴ ᴀ ᴠᴇᴜ en ces derniers temps
combien la Religion a d'ennemis,
& chacun en son particulier de

ceux qui en font profeſſion. Vous, Madame, recognoiſſez en general la verité, & l'auez ſentie en vous-meſme. Vos craintes, exils, pleurs, & morts, ſont teſmoins de toutes ces choſes. Ie vous ſupplie d'examiner les complots de vos ennemis. Leurs deſſeins, c'eſtoient d'eſtouffer la Religion : les moiens, c'eſtoient leurs forces : les effects, que de tous aages & qualitez de gens il en falloit perdre la memoire par mort. Voila leur preiugé. Et ont commencé par ce premier chef-d'œuure, diſans ; Ce ſont ſorciers, & vont la nuict : en apres; Ils ſont phrenetiques , il les faut ſaigner. Voila les premieres ſuppoſitions & calomnies, d'où ſont nees toutes nos guerres ; qu'ils demandoient, pour mieux s'aſſeurer du

gouuernement. Finalement, apres
nous auoir fait endurer tant de
maux, d'exils, & de morts ; ils ont
crié, que nous estions heretiques,
pour s'emparer de cet Estat. C'e-
stoit leur espoir, qui toutefois en
fin les a mis au desespoir. Tout ceci se voit & cognoist. Mais le droit
& l'innocence sont demeurez de
vostre costé. Vous le voiez, Madame, en ce que les oppresseurs sont
oppressez, les vainqueurs vaincus,
les domestiques exilez, & les vifs
morts, par le côseil secret de Dieu:
Car son ordonnance veut que
ceux qui sont assubiettis à la domination, ne dominent, & ne puis-
sent dominer sur leurs superieurs.
Quels epithetes sur les couronnes
de ces Rois pretendus! Rebellion,
infidelité, perfidie, impieté, oppro-

ore, honte, vitupere : s'eſtans ven-
dus eux-meſmes à prix d'argent; & ne iugeans point de l'iſſue & euenement, ſe ſont iettez en des precipices, par leurs inſolences; tellement qu'en fin, de bons ils ſont deuenus mauuais; de fidelles, infidelles; d'honnorez, deshonno-rez; de riches, pauures; de nobles, vilains; & en eſt leur memoire exe-crable. C'eſt le ſalaire de tous ceux qui par mauuaiſes prattiques trou-blent la vraie Religion, ne reco-gnoiſſans pas qu'elle eſt plus forte que l'Eſtat. Et puis qu'il a pleu à Dieu, Madame, vous rendre ſans crainte domeſtique, la ioie & vie; recognoiſſez que telles deliuran-ces viennent de ſa main. Et tout ainſi que par le paſſé on ne vous a ſceu vaincre, ains vous a-on ren-

due plus conſtante & perſeuerante ; que ſera-ce maintenant, que
toutes ces manieres de ſupplices
ſont paſſees , & que le Regne ſe
prepare à la paix ? Car le Roi re-
gnant en iuſtice, purgera ce corps,
& reſtablira tout bon ordre. Il eſt
au Roiaume de lumiere , & co-
gnoiſt ſa legitime vocation,& s'eſt
mis en ſon deuoir pour y achemi-
ner les autres , & eſt armé pour ſe
faire obeir : & Dieu le gardera de
tous ſiniſtres malheurs , d'autant
qu'il l'aime, & lui ſera pour aide ;
ce DIEV, qui a promis à ſon
Egliſe tout repos, en lui donnant
de bons Rois & Chreſtiens, pour
peres nourriſſiers.Et vous qui auez
cet honneur ; que vous reſte-il, ſinon qu'icelui vous aiant trouué
perſeuerante en prieres , & vous

aiant exaucee, vous face la grace
de voir le Roi regner longuement,
pour dorefnauant viure fous lui
en paix, vnion, & concorde les
vns auec les autres. Ie prie l'Eternel qu'il vous en face la grace.

A MES-SEIGNEVRS
les Princes du Sang.

Tout soupçon n'est pas vrai : Et tout bruit est soupçonneux.

Es-Seigneurs,

Cevx qui voient voſtre chaleur & ardeur en vos comportemens & deportemens, iugent quelle affection vous portez au ſeruice du

Roi, voſtre ſouuerain. D'vn coſté,
vous eſtes ł'occaſion de ł'inimitié
que lesCommunautez lui portẽt:
qui n'eſt pas ſelon le pretexte
qu'ils prennent, que c'eſt la Religion; mais pluſtoſt à cauſe que voſtre nom de Bourbon n'eſt pas en
bonne odeur entre ces gens , qui
meſme ne vous ſouffriroient pas
de poſſeder en paix ce que Dieu
vous a donné : & ſe fondans ſur les
premiers deſſeins, troublent la benignité du Roi,& ſa tres-iuſte poſ-
ſeſſion, & par meſme moien la voſtre. Vous, qui eſtes ſa chair, vous
deuez tellement ioindre à lui, que
ſoiez inſeparables , & ſentir voſtre
dommage, en ſon trauail. C'eſt
voſtre precurſeur : c'eſt celui qui
applaniſt la voie , & la vous rend
ſi facile ; que tant que cette

Monarchie durera , elle ne vous
eschappera point. Quel bien ! que
voſtre Chef trauaille pour vous,
qu'il vous couche & leue, comme
le pere ſes enfans,& debat aux deſ-
pens de ſa vie,voſtre vie , qui eſtoit
perduë ? Car il n'a tenu à vos amis
ennemis, que ne ſoiez morts, &
que meſme voſtre memoire ne ſoit
execration.Et auoient commencé
deſia de mettre ſur ce grand arbre
force pretentions,par leurs boute-
feux,& genealogies ſuppoſees;tel-
lement que iamais il ne ſen fuſt re-
leué. Vous contentez du repos &
richeſſes, & ne ſecoüez le meſpris
& vitupere. Que penſez-vous ?
Eſtes-vous endormis,& auez mangé les mandragores,pour eſtre in-
ſenſibles, & n'apprehender rien?
C'eſt le Roi. Quel bien , quel
honneur,

honneur, quel contentemét! Vous
estes ses parens , & il se monstre
estre le vostre. Vous deuez donc
vous vnir plus estroittement &
auec plus d'affection. Il trauaille
pour vous ; & pour tout, n'a que
peine. Priez Dieu qu'il viue, pour
vous donner ce que sans lui vous
ne pourriez auoir. Cessez de penser mal à cause de la Religion, &
ne le contristez. Vous vaincrez
vos ennemis, osterez vos ruines, &
possederez en paix ce que Dieu &
vos maieurs vous ont laissé. Ie
prie le Souuerain Roi du ciel & de
la terre, qu'il vous en face la grace.

F

A MES-SEIGNEVRS
les Mareschaux de France.

La memoire est heureuse de ceux qui font bien.

Es-Seignevrs,

Si iamais Roiaume a senti que c'est de perfidie & infidelité, cettui-ci en a esté le plus trauaillé: car en tous ordres & qualitez de

gens, il s'en est trouué & des vns &
des autres. Ie vous prie, que pou-
uiez-vous esperer des effects de
telles impietez, qu'vne totale ruï-
ne & subuersion de cet Estat ? Et
le moien qu'ont tenu les autheurs
de telles factions ; c'estoit , d'es-
chauffer les vns, & intimider les
autres ; faire le noble, vilain ; & le
vilain, noble ; rendre les Princes
pauures, odieux, & mettre en leur
place, gens incognus & sans nom.
Et de toutes ces choses pesle-
mesle en est sorti vn tel mespris,
que les superieurs ont craint, la iustice pres de sa fin, le noble anean-
ti ; brief tout bon ordre osté. Vous
eussiez pensé que tout estoit en la
fosse , & desia mort. Vous auez
veu toutes ces choses , Mes-Sei-
gneurs, & en estes tesmoins, pour

eſtre anciens Officiers de cette
Couronne. Vous ſçauez combien
de fois l'on vous a parlé de ces tu-
multes & diuiſions ; les couleurs
qu'on leur donnoit ; & les pro-
meſſes qui vous en ont eſté faites.
C'a eſté à vous, à qui ce pacquet a
eſté addreſſé beaucoup de fois,
pour mieux aſſeurer leurs pretentions ; & debouter les orphelins,
tant de l'vn que de l'autre coſté. Et
en la naiſſance de tous ces malheurs, touſiours c'eſtoit nouueau
pretexte , dont les orages tom-
boient en fin ſur les Princes, en les
exilant loin des affaires, & les pri-
uant de la preſence du Roi , par
leurs artifices: qui a eſté cauſe que
l'inſtrument n'a eu la force qu'a
peu auoir la viue voix. Lon voit
combien le conſeil des ieunes eſt

dõmageable, & vn Eſtat és mains
de la choſe la plus legere de tout
le monde. Et tout ainſi que par le
paſſé tout mal a eſté la viande la
plus commune à telles gens ; &
qu’ainſi eſt que le bandeau eſt oſté,
& les autheurs cognus, vous iuge-
rez de la fin. Iuſques ici vous eſtes
irreprochables, pour vous eſtre
monſtrez vrais François, & auoir
gardé au Roi ſon authorité, &
mettant voſtre vie pour le conſer-
uer & faire obeïr ; c’eſt vous qui
eſtes fidelles. Puis donc qu’il con-
uient reſtablir le bien en cet Eſtat,
& que le ſerment & vos charges
vous y obligent ; que vous auez
touſiours ſouſtenu cette Couronne, comme forts arcs-boutans, &
eſtes les cauſes ſecondes qu’eſtant
penchante ſur la teſte du Roi , elle

F iij

a esté redressee: A vous l'honneur
d'vn tel bien, pour vous estre mon-
strez constās en ce nouueau changement. Il est necessaire d'en chas-
ser le mal qui y est, puis qu'il est cognu, & empescher qu'il n'y re-
tourne. C'est à vous de tenir la
main pour mettre l'ordre que
DIEV commande. Et DIEV,
qui conduit le Roi, en le faisant
prosperer, fera que de tout vostre
trauail sortiront bons & loüables
effects. Et pour vn tel bien le public priera DIEV pour vostre
prosperité.

A MESSIEVRS
des Cours de Par-
lement.

Ceux qui administrent,
administrent comme
deuant Dieu.

ESSIEVRS,

Pvisqve la Piete est le seul
lien d'vnion, la Iustice l'est d'obeis-
sance & amitié. Ce sont les deux

F iiij

aſtres deſcendus du ciel,pour eſtre
l'ornement de ce monde. Et bien
peu s'en faut que la malice des
hommes ne les ait eſtouffees:
mais eſtans de nature Angelique
& immortelle , impoſſible eſt de
les aneantir. Il ſe voit combien la
Iuſtice a eſté oppreſſee par la tole-
rance d'aucuns mauuais miniſtres
d'icelle: Et euſſiez iugé à voir,
tant l'iniquité eſt grande , qu'elle
eſtoit terreſtre , & pres de ſa fin;
pource qu'elle doit reluire entre
vous, comme eſtoilles au Firma-
ment ; pour d'icelle clarté cognoiſtre les malefices & forfaicts des
hommes. Maintenant vous co-
gnoiſſez de quelle importance
vous a eſté, & eſt encore, d'auoir
eſté par trop miſericordieux;vous,
qui eſtes la Iuſtice;vous,Meſſieurs,

qui eftes les premiers vertueux ; de
qui la conftance & fidelité eft cõ-
nuë; qui tenez la balance pour pe-
fer tout le refte de ce mauuais
monde en cet Eftat. Il vous fera
facile de iuger des effects paffez,
pour donner lieu à cette Iuftice,
qui vous eft tant recommandee de
Dieu, & mife en main; laquelle re-
tournant au ciel, vous iugera. Car
les pechez des hommes font autãt
de creatures qui naiffent d'eux, qui
vn iour tefmoigneront cõtre vous;
& par voftre propre coulpe porte-
rez la peine qu'aurez meritee. Ad-
uifez donc de preuenir le mal, à
celle fin d'eftre innocens, & non
coulpables. Quittez vos froideurs
paffees, & vous efchauffez pour
punir les tiedes & ceux qui font
vomis. Ce n'eft point à vous d'ab-

foudre le coulpable, pour donner lieu au mal; qui eſt ce ver, qui ronge les fondemens de cette Monarchie: mais deuez punir la Rebellion, pour eſtre le crime le plus deteſtable & irremiſſible. Tenez vous à cette colomne, laquelle eſt tres-aſſeuree, & qu'il eſt impoſſible de renuerſer. Recognoiſſez que voſtre charge eſt perilleuſe & importante: Vous eſtes eſprits adminiſtrateurs, ſeruans à Dieu en iuſtice: C'eſt lui qui vous aduoüera & fortifiera. Priez-le qu'il vous en face la grace.

La vertu eſt ſans crainte: car elle ſurmonte toutes choſes par meſpris.

A MONSIEVR
d'Aubigni.

APRES beaucoup de bons propos, ç'a esté l'aduis de Mõsieur Constans, que de vous venir trouuer, pour vous prier d'estre mon Censeur & Conseiller en l'entreprise que i'ai ; laquelle ie desire vous faire voir , si tant est qu'aiez le loisir , & me ferez vn grand honneur.

Monsievr, la grace eſt
vne partie en l'homme que
l'eſtime la plus neceſſaire ; & m'e-
ſtime heureux , que vous aiant vi-
ſité, i'ai trouué en vous , ce que
long temps y a i'auois attendu : Et
puis dire en verité , que les entre-
ueuës ſont des deuoirs auſſi eſtrois
que les amitiez entretenues de
longue main. C'eſt de la peine que
ie vous ai donné ; que nonobſtant
voſtre indiſpoſition & peu de loi-
ſir, vous aiez couru ſur la recerche
& franchiſe de mon eſprit , qui
vous donnera loüange ; laquelle
i'accompagnerai de tous deuoirs,
quelque incommodité qui ſy preſente. Dieu me fera la grace de
m'y porter auec autant d'affection
que le deuoir m'oblige.

Pour vous obeïr auec tant
de volonté , que volon-
tairement ie le promets.
  Iean Dv-Sin.

LE pev de cōmunication que
i'ai eu auec vous, m'a laissé vn
desir & affection de vous tesmoi-
gner, par quelques particulieres
cognoissances, le souuenir que i'en
ai ; cōmençant comme de la male-
diction sur le Serpēt, *Tu mangeras*
la poussiere; c'est autāt, Vn chascun
te maudira. Pour le nom de *Satan,*
ou autres , ie tiens que c'est la force du mal. Pour le morceau tram-
pé que Iudas receut en la Cene, le
don de ce pain ; Voila ta portion,
tu n'as plus de part en moi. Sur
ce mot de l'Oraison Dominicale,

Donne nous noſtre pain quotidien;
Entretien la vie qu'il t'a pleu nous
donner, comprenant tout : *Et ne*
nous indui point en tentation ; Fai
que nous ne rencontrions le mal.
En Philoſophie, ie ne recognois
ſubſtance ni matiere, pour principes, qui puiſſe eſtre appellée ele-
ment:car le ciel,ſont vapeurs con-
gelees, eſpaiſſies par le nitrum , &
ſouſtenues par l'excrement du feu;
mais bien, qualitez operantes : Le
feu qui pour ſon excrement a l'air;
& l'air pour ſon excrement, l'eau;
& l'excrement de l'eau , la terre.
Voila la generale operation , quoi
que la viciſſitude coupe & inter-
rompt l'ordre reiglé. En Medecine ; Medecin eſt ſcience;le remede , precaution au mal;& guerir le
mal,nature. Vne maladie , ſource

de plusieurs autres ; vn remede, de plusieurs especes ; & vne seule nature guerit. Entre les hommes, le commencement de la societé, c'est amour; laquelle est recognuë par amitiez, & entretenuë par deuoirs: que les racines ne sont pas plus necessaires aux arbres pour les maintenir, que les amitiez pour nous entretenir. Appuis tres-necessaires à la vie presente ; Escouter, retenir, & peu parler ; qui est, sagesse pour commander, aduisé pour conduire, & sçauant en bon exemple. Eschole pour tous ; Les amitiez & deuoirs Chrestiens ne doiuent iamais faire naufrage, quelque commodité ou incommodité qu'on reçoiue de ses amis. Quelques maximes necessaires à la guerre ; L'homme de guerre

doit estre dans le conseil de ses ennemis : N'vser de misericorde en
vainquant : Ne faire des ennemis
plus grãds que soi ; ennemis qu'on
ne puisse vaincre;ennemis de gaie-
té de cœur. Peu en conseil : brief
en surprises : fort en entreprises:
faux-bruits en feintes : & constant
en resolutions.Quant à mes vœus;
Ne trouuer les meschans que par
rencontre ; & voir les bons par
communication : Ne faire iamais
mal ; ne le conseiller iamais, & ne
me trouuer là où il se fera. Pour
mes souhaits ; Ie desire viure de la
vie des saincts, mourir de la mort
des iustes,& ma demeure auec les
esprits bien-heureux. Monsieur,
i'honore les bons esprits, & reiet-
te ceux qui par commentaires for-
tifient l'ignorance.

LA

LA Matiere du monde eſt vne creature qui ne ſe renouuelle, & n'eſt ſubiette à viciſſitude. L'ouurage, la varieté & diuerſité de tãt d'eſpeces : L'homme l'œuure, qui deffriche, ſepare, agence, & embellit le Chaos. Ceux qui croient la Parole de Dieu, ont l'hiſtoire d'icelle en admiration, ne peuuent deuenir heretiques; mais les interpretes. Arreſtons-nous; demeurons auec les peſcheurs preſcheurs;& non auec les preſcheurs pecheurs. Les martyrs du temps preſent ſont les ſeaux de la tyrannie. Vn iour quelque curieux me demanda, ſi l'Eſcriture ſainᴄte eſtoit neceſſaire : Ie lui reſpondis, tres-neceſſaire; car par icelle tous hõmes ſont enſeignez;& les eſleus

G

cognoiſſent la volonté de Dieu re-
uelee en icelle. La replicque fut;
Puis qu'elle eſtoit ſi neceſſaire, qui
l'imprimeroit en l'autre monde. A
quoi ie reſpondi, qu'il n'en eſtoit
beſoin : car les eſleus de Dieu la
ſçauroient toute par cœur. Pluſieurs genealogies; mais vne generation. N'vſons de murmure contre la vie de nos peres, ni la noſtre;
car elles ne ſoat point à nous: mais
regardons le train qu'ils ont mené, & celui que nous menons.
Qu'aucun ne meſpriſe l'eſtude ni
le temps: L'eſtude eſt prouiſion de
pain; & le temps, c'eſt l'hyuer : faiſons donc prouiſion de pain, afin
que l'hyuer ne nous ſoit faſcheux
à paſſer.
Monſieur,

Le Soleil nous eſclaire.

TOuchant quelques recer-
ches de l'improprieté des ter-
mes, que les plus iudicieux ont
auec le commun en la bouche,
dont ie veux vous en produire
quelques-vnes des plus communes. Voici vn homme accusé d'vn
crime ou de plusieurs ; on lui de-
mandera ; *Vous promettez de dire
verité ; Dites verité ; ou , Direz-
vous verité ?* Maniere de parler du
tout impropre & point necessaire:
car il y a plusieurs choses vraies,&
toutefois il n'y a qu'vne verité. Ce
qu'il dira du cas dont il sera accusé
sera vrai,& ne sera pourtant verité.
La plus-part de nos paroles sont à
la volee &improprement pronon-
cees. Vn malade dira; *Ie veux corrompre mon mal; Ie pensois corrompre mon mal.* Tels mots sont mal

entendus. Corrompre son mal, est
le faire plus corrompu qu'il n'est.
Autres diront ; *Nous auons besoin
changer d'air :* ou, *Nous auons changé d'air.*Nous respirons vn seul air,
quelque part que nous soions.
Diete, Abstinence, Regime, trois
façons de parler non entenduës, &
moins pratiquees.Diete,ordre reiglé : Abstinence, choix des viandes : Regime, les heures qu'on
prend. Les anciens ont vescu ainsi,
& n'ont mangé leurs viandes sur-
annees, ni les fruicts hors de sai-
son;s'entretenant le goust ; & quãd
ils le perdoient, au plustost le re-
couurer, estoit le meilleur. Qu'on
demande à vn homme; Que faites
vous ? Tout aussi tost respondra,*Ie
gaigne ma vie.* Parole ingrate,
abusiue : au lieu de dire;Ie trauail-

le pour manger, & pour m'auoir à
manger. D'ailleurs, quand on parle de la mort, on dit ; *La cruelle
mort* ; *La griefue mort* ; *L'horrible
mort*, & autres : Au lieu d'accufer
les tourmens cruels, griefs, horri-
bles;on iette tout fur la mort, qui
eft vn doux depart. Les hommes
difēt; *Dieu m'afflige*;ou,*Ie fuis affli-
gé*.Ce fommes nous qui nous affli-
geons nous-mefmes : mais Dieu
chaftie de iuftice,végeance,& lan-
gueur: Et tiens, que ceux qui pechent contre Dieu, font punis en
leurs biens;ceux qui pechent contre leur prochain , font punis en
leurs perfonnes.
Monfieur,

> *Rien honoré que l'ignorance,*
> *plus requis que le mal, tant*
> *follicité que de mal-faire.*

Theodori Agrippæ Albinæi
Epigramma ad Ioan.Sinum.

Nullius addictus iurasti in verba magistri:
Principia èque Sinu,non aliunde ,petis.
SINE ,erit iste LIBER,LIBER tuus : & dabit
Principium reliquis,qui sibi principia.   (idem

Version du susdit Epigramme,
par L. C.

Tu n'as iuré aux mots d'aucun maistre iuré,
Et tires de ton SIN, nõ d'ailleurs, ton principe:
Ce LIVRE est LIBRE tié,& d'autres le principe
Comme de soi il a ses principes tiré.